James Brown
mettait des bigoudis

Du même auteur

Conversations après un enterrement
La Traversée de l'hiver
L'Homme du hasard
« Art »
Hammerklavier
Une désolation
Le Pique-Nique de Lulu Kreutz
Trois versions de la vie
Adam Haberberg, deuxième édition :
Hommes qui ne savent pas être aimés
Une pièce espagnole
Nulle part
Dans la luge d'Arthur Schopenhauer
L'aube le soir ou la nuit
Le dieu du carnage
Comment vous racontez la partie
Heureux les heureux
Bella Figura
Babylone
Anne-Marie la beauté
Serge

Yasmina Reza

James Brown mettait des bigoudis

Flammarion

James Brown mettait des bigoudis

Création française le 19 septembre 2023
au Théâtre national de la Colline

texte et mise en scène Yasmina Reza
avec Micha Lescot, André Marcon, Alexandre Steiger,
Josiane Stoléru, Christèle Tual

assistanat à la mise en scène Oriane Fischer
musique Joachim Latarjet en collaboration
avec Tom Menigault
scénographie et lumières Éric Soyer
création vidéo Renaud Rubiano
costumes Marie La Rocca
perruques Cécile Kretschmar

production La Colline-théâtre national.
coproduction TS3, Théâtre Marigny –
groupe Fimalac Entertainment

ISBN : 978-2-0804-3117-2

à Nathan

PHILIPPE
PASCALINE HUTNER
LIONEL HUTNER
LA PSY
JACOB HUTNER

Une maison de repos et son parc.
(pas de réalisme)

1.

Le parc. Le soir. Au loin, un homme (Philippe) fait de la balançoire.

Il s'applique à prendre de l'élan. On distingue à ses pieds des chaussures bicolores.

2.

Une chambre.
Un lit ?
Aucun réalisme.

PASCALINE Il a la vue sur le parc !
J'avais peur qu'on l'ait mis du côté du parking devant le bâtiment du personnel.
Quelle beauté ce parc.
On ne voit pas un clocher au fond ? On dirait le clocher de Veuvron dis donc !
C'est bien qu'il ait une vue sur la nature. Il aimera.
Souviens-toi comme il faisait croître des petites plantes sur ses fenêtres.
Il aime la nature.
Et la chambre, elle n'est pas petite.
J'avais peur qu'il se sente confiné. Elle est même plutôt grande cette chambre pour ce type d'établissement. Assez grande pour être aménagée agréablement. Sans vue elle aurait pu faire étriquée mais là elle respire. Tu es dans une chambre tout à fait normale avec ce dégagement.

LIONEL Le pauvre.

PASCALINE Ne dis pas le pauvre. Vois le positif.
Vois le positif amour.
Il va être pris en main, soigné dans un espace tout à fait acceptable avec vue sur la nature.
C'est important de voir du vert.
Je lui mettrai un bac avec des bégonias si on a le droit.

LIONEL Des bégonias…

PASCALINE Tu te fais du mal amour.

3.

Bureau de la psychiatre.

PASCALINE Par où pourrions-nous commencer ?

LIONEL Par le commencement.

PASCALINE Oui.
Un jour, à la radio, dans une voiture, notre fils Jacob alors âgé de cinq ans entend la chanteuse Céline Dion.
Un coup de foudre.

LIONEL Oui.

PASCALINE Nous lui achetons l'album, avec un petit lecteur pour enfant…
Puis un autre album. Puis encore un autre.
Nous lui achetons des posters.
Et nous commençons à vivre avec un petit fan comme je suppose des milliers d'autres dans le monde.
Le temps passe…

Nous sommes invités à des concerts. Dans sa chambre.
Jacob s'habille en Céline avec une de mes combinaisons et chante en play-back par-dessus sa voix à elle.

LIONEL En plus de la robe, il se fabriquait une chevelure longue qu'il rejetait en arrière avec de vieilles bandes de minicassettes qu'il avait trouvées dans des placards.

PASCALINE Oui.

LIONEL Oui.

PASCALINE C'était drôle.

LIONEL Pas tellement.

PASCALINE Lionel s'amusait moins que moi.

LIONEL Moins.

PASCALINE Jacob grandit.
Il ne se contente plus de chanter comme elle, mais il parle comme elle et donne des interviews dans le vide avec un accent québécois.

LIONEL Il faisait aussi le mari.

PASCALINE À l'époque son mari René n'était pas encore décédé.

LIONEL Non.

PASCALINE Il faisait aussi René de temps en temps, mais il faisait surtout Céline.
Il l'imitait à la perfection. On lui posait des questions, je veux dire on parlait à Jacob, et il répondait en Céline.
Un soir, à table, Lionel lui a dit d'arrêter de faire le clown…

LIONEL Le clown en québécois.

PASCALINE Il avait un accent très fort.

LIONEL Très.
J'ai dit que j'étais fatigué de l'entendre faire le clown en québécois. Il m'a répondu qu'en dépit du fait qu'il vivait en France depuis un certain temps, il était canadienne et n'avait pas l'intention de renier ses origines. J'ai dit, ça commence à ne plus être drôle du tout. J'ai haussé le ton. Il a répondu qu'il ne pouvait pas

se chicaner car il devait protéger ses cordes vocales.

PASCALINE À partir de cette soirée, nous n'avons plus vécu avec Jacob.

LIONEL Non.

PASCALINE Nous avons vécu avec Céline Dion.

LIONEL Nous avons vécu avec la chanteuse Céline Dion dans le corps de notre fils Jacob Hutner.

PASCALINE Oui.

Un creux.

LIONEL Nous avons été appelés Lionel et Pascaline.

PASCALINE Plus papa et maman.

LIONEL Non. Lionel et Pascaline.

PASCALINE En même temps il s'est mis à atténuer son accent. On a cru que c'était bon signe.

LIONEL Au contraire. Ça devenait un vécu interne.

PASCALINE Oui.

LIONEL Un jour, la femme de ménage est venue nous dire qu'il avait réclamé sur un ton aimable et délicat un humidificateur pour sa voix – elle était à deux doigts de le trouver très simple pour une si grande star.
J'ai compris que les choses prenaient une mauvaise tournure.

PASCALINE Sans le dire à Lionel – les hommes sont terre à terre parfois – j'ai été consulter un magnétiseur. J'avais entendu parler de gens possédés par des entités. Le magnétiseur m'a expliqué que Céline Dion n'était pas une entité. Et que par conséquent il n'était pas en mesure de la détacher de Jacob. L'entité étant une âme errante qui vient s'accrocher à un vivant, il ne pouvait pas délivrer un homme habité par quelqu'un qui chante tous les soirs à Las Vegas.
Le magnétiseur m'a conseillé d'aller voir un psychiatre.
Moi, je n'étais pas prête pour ce mot.

Je m'en excuse docteur.
Lionel s'est montré plus lucide. Mon mari est un homme solide.

LIONEL Le professeur Soloveichik nous a dirigés vers votre établissement.

LA PSY Qui sont Lionel et Pascaline ?

LIONEL ET PASCALINE … Nous deux. Ce sont nos prénoms.

LA PSY Je veux dire pour elle.

LIONEL Nous ne savons pas.

PASCALINE Non.

LIONEL Non.

4.

Dans le parc, sur un banc.

Jacob Hutner/Céline devise avec un camarade, Philippe, rencontré dans l'établissement.

Quelques mèches de cheveux de Jacob sont enroulées dans de gros rouleaux velcro. Il est vêtu d'un élégant jogging de femme et baskets de sport. Il s'exprime avec un léger accent québécois.

Philippe est un homme ***blanc****.*

Il est sapé élégant/ville, avec aux pieds des chaussures fuselées bicolores.

PHILIPPE Pourquoi me parles-tu de Nelson Mandela ?

JACOB C'est un grand homme.

PHILIPPE Tu me parles de Nelson Mandela parce que je suis noir.

JACOB Je te parle de Nelson Mandela parce que je l'ai connu.

PHILIPPE Du fait que je suis noir tu veux me faire savoir que tu connais un grand homme noir. Tu as à cœur de me dire que tu sais qu'il y a des grands hommes parmi les Noirs.

JACOB Ah bon ?

PHILIPPE Comme si au fond, ce n'était pas évident qu'il y ait de grands hommes noirs.

JACOB Mais Philippe, qu'est-ce que tu vas chercher ?

PHILIPPE C'est comme si tu me demandais si je joue du djembé.

JACOB Pourquoi jouerais-tu du djembé ?

PHILIPPE Parce qu'un Noir joue du djembé.

JACOB Tu joues du djembé ?

PHILIPPE Non.

Creux.

JACOB C'est quand même bizarre que tu ne sois pas content de parler avec quelqu'un qui a connu Nelson Mandela.

PHILIPPE Tu n'as pas connu Nelson Mandela.

JACOB Mais si !

PHILIPPE Tu as passé une heure avec Nelson Mandela.

JACOB Dans sa maison de Soweto.

PHILIPPE Ça ne s'appelle pas connaître quelqu'un.

JACOB Toujours à me reprendre.

PHILIPPE J'essaye de te hisser hors de la frivolité.

JACOB Tu ne sais même pas ce que j'allais dire sur Mandela.

PHILIPPE Qu'est-ce que tu allais dire ?

JACOB J'allais te dire que chez Nelson Mandela, à Soweto, on se serait cru chez ma tante Giselle à Veuvron-le-Fanou.

PHILIPPE Tiens !

JACOB Oui.

PHILIPPE Je suis content de le savoir.

JACOB Moque-toi. Ça glisse.

PHILIPPE Pourquoi on se serait cru chez ta tante Giselle ?

JACOB Même maison posée à même la terre. Même ameublement.
On n'y voyait rien chez tante Giselle. Chez Mandela non plus.

PHILIPPE Tu l'as appelé Nelson ?

JACOB Tu es trop à fleur de peau.

PHILIPPE N'importe quoi.

JACOB Moi aussi j'étais à fleur de peau. Mais j'ai fait un travail.

PHILIPPE Si j'étais à fleur de peau cette phrase m'énerverait.

JACOB Parlons de tes chaussures si tu préfères.

PHILIPPE M'énerverait beaucoup même.

JACOB Tu m'as dit que tu ne voulais pas les mettre dans le jardin.

PHILIPPE J'ai changé d'avis.

JACOB Tu vas les crotter.

PHILIPPE Je ne suis pas à fleur de peau. Je suis vigilant.

JACOB Tu me fatigues.

PHILIPPE Avant j'étais noir mais je ne le disais pas. J'endurais les choses en silence.
Creux. Retour sur les chaussures.
Tu as vu la classe ?

JACOB Classe.

PHILIPPE Gigi Dool. « New Orleans » en cuir de veau.

JACOB Elles sont belles mais je ne suis pas à l'aise avec le cuir de veau.

PHILIPPE Elvis Presley a écrit une chanson d'amour pour ses chaussures.

JACOB Comme si je ne la connaissais pas !

PHILIPPE Je suis contre les chansons d'amour. Mais celle-là oui. Je suis pour.

JACOB Parce que ce n'est pas une chanson d'amour.

PHILIPPE Bien sûr que si. De passion même. Penses-y ma petite.

JACOB Dans mon répertoire j'en ai beaucoup des chansons d'amour.

PHILIPPE Tu en as beaucoup trop.
Avant de te connaître je ne t'aimais pas beaucoup comme chanteuse.

JACOB Jean-Jacques continue de m'en écrire. Des chansons bouleversantes.

PHILIPPE Qui vieillissent à vue d'œil.

JACOB Tu sais que Jean-Jacques c'est le Barry Manilow français.

PHILIPPE Tu me l'as déjà dit.

JACOB Pourquoi es-tu contre les chansons d'amour ?

PHILIPPE Ça ne fait aucun bien.

JACOB Tu ne peux pas dire ça Philippe.

PHILIPPE Ou alors d'amour malheureux. Celles-là oui.

Philippe entonne Blues Suede Shoes *de Presley, aussitôt rejoint par Jacob,* sotto voce, *a minima, comme pour eux-mêmes.*
Ils s'arrêtent abruptement comme ils ont commencé

PHILIPPE Mon sycorus à fruits qui est dans le pot au bord de ma fenêtre, il ne fait des branches que d'un côté, je vais le retourner.

JACOB Pourquoi veux-tu le retourner ? C'est sa vie, il est comme ça.

PHILIPPE Il sera moins bancal, il sera plus élégant.

JACOB S'il a envie de ne faire des branches que d'un côté ? Dans la nature, personne ne s'en occuperait.

PHILIPPE Il n'est pas dans la nature. Il est sur un balcon de ville dans un pot.

JACOB Mais il ne le sait pas.

PHILIPPE Si, il le sait très bien.

JACOB Il s'est organisé. Il ne veut pas être dérangé.

PHILIPPE Qu'est-ce que tu connais en botanique ?
Creux.
Et si on le mettait en terre ?

JACOB Où ?

PHILIPPE Dans le parc. Il serait plus à son aise. Il serait libre.

JACOB Bonne idée.

PHILIPPE Il peut survivre sous des latitudes tempérées. Je vais demander.

JACOB Il faut demander ?

PHILIPPE Je vais demander à la directrice.

JACOB Bon.

PHILIPPE Une idée lumineuse.

JACOB J'aime bien comme tu chantes Philippe. Tu sais que je pourrais te prendre comme choriste.

Philippe hausse les épaules.

5.

Quelque part dans un couloir de l'établissement.

Pascaline et Lionel Hutner en manteau de mi-saison.
En plus de son sac à main, Pascaline semble tenir un paquet-cadeau provenant d'une confiserie.
On devine qu'ils viennent d'arriver. C'est un autre jour.

PASCALINE *(gentiment)* Pas seulement elle.
Pas seulement aujourd'hui.
Tu klaxonnes. Tu klaxonnes amour.
C'est une habitude que tu as prise.

LIONEL Je klaxonne lorsqu'il y a danger.
Le klaxon est fait pour ça.
Les gens sont dangereux. Je klaxonne pour avertir du danger.
Et je ne klaxonne pas à tout bout de champ.

PASCALINE Tu n'avais pas besoin de la klaxonner. Tu aurais pu te contenter d'un appel de phares.

LIONEL En plein jour ça ne sert à rien.
À moins que la personne regarde dans son rétroviseur, ce que précisément ne font pas ce genre de conducteurs.
C'est très dangereux de rouler à cette allure. C'est criminel de rouler si lentement. Tout le monde te le dira.
Et entre nous, ce n'est pas bon signe que cette femme roule si lentement. Avec une Cyprus de Toyota !
Est-ce raisonnable de confier notre fils à une femme qui roule à cette allure ?

Survient la psy qui enfile sa blouse et se dirige vers son bureau.

LA PSY Je me suis agacée au carrefour. Je m'en excuse encore. Surtout, je ne vous avais pas reconnus !

LIONEL Au contraire ! C'est moi docteur. Je n'avais pas à klaxonner de façon intempestive. Chacun a le droit de rouler à son allure.

PASCALINE Mais oui !

LIONEL Et on gagnerait tous à rouler plus lentement.

LA PSY Je ne roule pas lentement monsieur Hutner. Il ne s'agit pas de lenteur. Il s'agit de tout autre chose.
Je ne freine pas. Voyez-vous.
Je roule de façon à ne pas freiner. C'est une question qui ne relève pas de la conduite mais d'une esthétique générale. Freiner c'est capituler. Lorsqu'un feu passe au rouge, je lève le pied, j'abandonne le moteur à lui-même pour qu'il vienne doucement s'évanouir. Précision, sens de l'énergie. Un péage ? Rétrogradage au feeling, engagement pianissimo dans le couloir, débrayage, la voiture se meurt pile au bon endroit. Une fois j'ai fait Paris-San Remo sans freiner. Si on accélère, on freine. Moi je ne freine pas. C'est comme la voile, on fait corps avec les éléments, on négocie, on utilise les courants, on plane. En réalité je fais du planeur ! *(elle rit)*
Accordez-moi cinq petites minutes de reconfiguration et je suis à vous.

Elle disparaît.

Un petit flottement.

LIONEL Pas banale…

PASCALINE Non…

LIONEL Pas antipathique…

PASCALINE Non…

LIONEL Paris-San Remo sans freiner, ça m'étonnerait.

PASCALINE Pourquoi on s'écrase devant cette femme ?

LIONEL On s'écrase ? Qui s'écrase ?

PASCALINE On l'a presque félicitée pour sa lenteur.

LIONEL Par civilité.
Si elle avait eu un peu de finesse elle aurait senti l'ironie.

PASCALINE Et pourquoi elle ne freine pas ?

LIONEL Je te pose la question !

PASCALINE Elle est bizarre.

LIONEL Tu sais qu'on juge les gens au volant.

PASCALINE Je m'en veux d'avoir ri avec connivence quand elle a dit qu'elle faisait du planeur.

LIONEL On a souri. On n'a pas ri.

PASCALINE Non.

LIONEL On a souri poliment. Comment voulais-tu faire autrement ?

PASCALINE Tu crois qu'on doit lui donner les pâtes de fruits ?

LIONEL Tu trouves que ça fait lèche-bottes ?

PASCALINE Je me demande.

LIONEL On n'a qu'à dire que c'est pour le service de son étage. Une petite attention pour le personnel.

PASCALINE Bonne idée.

LIONEL Ça ne peut pas être mal pris d'avoir un geste pour le personnel.

PASCALINE Au contraire.

LIONEL Un petit geste de reconnaissance.

PASCALINE Oui, voilà.

LIONEL On lui glissera les pâtes de fruits en partant en disant, pour les personnes qui s'occupent de lui.

PASCALINE Voilà.

LIONEL Voilà.

6.

Bureau de la psychiatre.
C'est à présent Lionel qui tient le paquet des confiseries.

LA PSY Nous avons une bonne nouvelle et une difficulté.
Commençons par la difficulté : Lionel et Pascaline.
Lionel et Pascaline sont tristes.
Quels que soient leurs efforts et leur bonne volonté, Lionel et Pascaline sont des éteignoirs.
Je parle du point de vue de la patiente naturellement.

LIONEL Comment est-ce possible ? Nous nous efforçons d'être l'inverse !

PASCALINE Oui !

LA PSY Je m'en doute. Mais quand vous ouvrez la porte de sa chambre, Céline voit apparaître deux êtres avec une tête de malheur, le front plissé comme s'ils visitaient un camp de réfugiés.

LIONEL C'est épouvantable.

LA PSY C'est embêtant parce que à ce stade de la cure ce n'est pas ce que nous souhaitons.

PASCALINE Mais docteur nous sommes tout le contraire, nous sommes souriants, de bonne humeur.

LIONEL Nous sommes la gaieté même.

LA PSY C'est une écorchée vive, vous ne pouvez pas la berner.
Nos patients s'imaginent dans un centre de simple remise en forme. Pour autant ils ont besoin de se sentir en sécurité, c'est-à-dire acceptés tels qu'ils sont, sans réserve et sans arrière-pensées.

LIONEL Bien sûr ! Nous le savons. Nous avons précisément à cœur d'être joviaux et même badins.

PASCALINE Oui !

LIONEL On se raconte même des blagues dans le couloir pour se mettre en condition.

PASCALINE Mais oui.
Maintenant j'ai envie de pleurer.

LIONEL Vous nous sapez le moral docteur.

PASCALINE Mon mari est un homme solide mais moi je me déboussole comme un rien.

LA PSY Allons bon. Je vous demande pardon.

LIONEL Je ne comprends pas pourquoi notre enfant nous perçoit de cette façon funeste… C'est un malentendu.

LA PSY Possible. Je vais réfléchir à cette question.
Il vous manque peut-être une touche de nonchalance ?… Mais passons à la bonne nouvelle.
La grande et bonne nouvelle est qu'elle s'est fait un ami. Un événement figurez-vous car bien que tout soit organisé pour créer un *safe space*, une zone franche pour le dire à la française, notre patientèle est craintive et se lie peu.
Philippe est un jeune étudiant qui a un problème avec son identité noire. À son arrivée, il se déclarait antillais mais depuis il s'identifie à un monde

noir diasporique, plus global disons, avec un léger tropisme afro-américain sans gravité.
Philippe et Céline ont beau être aussi différents qu'on peut l'être, ils sont liés par des points communs fondamentaux. Tous deux font fi des typologies à l'ancienne et aucun ne s'est laissé intimider par la biologie.
Ce que Philippe a d'excellent pour Céline c'est son indifférence à la célébrité. Il sait qui elle est, il respecte sa carrière mais ne fait montre d'aucune déférence particulière. Ces deux-là se parlent librement, se chamaillent, hier ils jouaient au badminton.
Avec Philippe, Céline se sent appréciée pour elle-même. J'allais dire, comme une femme ordinaire. Comment l'appelez-vous ?

PASCALINE Pardon ?

LA PSY Quand vous vous adressez à elle ?

Léger creux.

PASCALINE Nous disons Pitounet…

LIONEL Ou Pitou…

PASCALINE Mon Pitou… Nous l'avons toujours appelé comme ça dès petit.

LA PSY Jamais Céline ?

LIONEL Jamais.

PASCALINE Comment voulez-vous docteur !

LIONEL Nous ne pouvons pas.

LA PSY Pitou ne pose pas de problème.
Pitou ! Bon.
Pour ce qui est de sa perception de la véritable Céline, il est maintenant établi qu'elle se vit dans un entre-deux. Elle se prend pour Céline Dion mais si on lui propose d'aller voir l'autre en concert elle sera ravie. Elle est à la fois une hyper-fan et la chanteuse elle-même. En gros une position semblable à celle du gosse qui se prend pour Spiderman dans sa chambre. Vous auriez préféré Spiderman monsieur Hutner. Pour un goûter déguisé je ne dis pas, mais dans la vie réelle, vous voulez vivre avec les fenêtres condamnées et un fils qui croit adhérer aux parois les plus verticales ?

7.

Les parents.

On ne sait où dans l'établissement. Lionel tient toujours le paquet de confiseries.

Tous deux semblent très abattus.

PASCALINE On a oublié de lui donner les pâtes de fruits…

LIONEL Oui…

PASCALINE De toute façon, je ne sentais pas qu'on devait lui donner.

LIONEL On ne devait pas. C'est même ridicule d'en avoir eu l'idée.

PASCALINE Je suis contente que Jacob se soit fait un ami.

LIONEL Le Noir ?

PASCALINE Oui.

LIONEL Oui…
Creux.
Tu me vantes comme quelqu'un de solide mais tu sais très bien qu'il n'en est rien. Moi je te laisse me vanter en société parce que ça me flatte d'entendre que je suis un homme consistant et sûr de son fait mais nous savons très bien que c'est un mensonge grotesque. Tu as épousé un homme pétrifié qui n'a aucune aisance sociale, qui n'a jamais fait le moindre progrès. Rappelle-toi la piscine de Ouigor, dans laquelle au bout du compte nous ne sommes pas entrés parce que je n'ai pas su demander des transats.

PASCALINE Il y a des années !

LIONEL Oui. Mais j'y pense tous les jours.

PASCALINE Nous ne sommes pas entrés parce qu'il y avait trop de monde.

LIONEL Nous n'y sommes pas entrés parce que je n'ai pas osé réclamer des transats Pascaline. Quand je pense à Jacob, je me dis, le pauvre garçon ne pouvait pas rester le fils du type de la piscine de Ouigor. Un type qui ne sait pas commander un simple transat. Qui ne sait pas quel genre de phrase il doit dire à l'employé. Qui a peur d'être à côté de la plaque, d'avoir l'air de quelqu'un qui ne s'est jamais fait installer un transat. Un type qui tournicote devant la caisse avec sa femme et son gosse en se demandant si on a le droit de s'allonger avec une serviette à même le sol ou si tout le monde a droit à un transat, s'il faut payer, ou donner un pourboire – le pourboire me pétrifie, c'est un casse-tête sans fin – et qui finit par ne faire ni l'un ni l'autre. Et sa femme qui se faisait une joie et son pauvre enfant qui avait déjà enfilé ses brassards avec les ailerons de requin ne vont pas non plus à la piscine parce que le chef de famille ne sait pas réclamer une chaise longue. Sais-tu que chez le coiffeur, je passe la séance entière dans ma tête à programmer et à déprogrammer les pourboires ? Je dis merci tout le temps, je trouve toujours la coupe parfaite même si je suis affreux. Explique-moi pourquoi je dis merci beaucoup c'est parfait quand le type m'a complètement raté ?

PASCALINE Tu te fais du mal amour.

LIONEL Céline ! Qu'est-ce qu'elle a à l'appeler Céline tout le temps !

PASCALINE Ça m'énerve aussi.
Tu crois qu'on a eu raison de lui dire Pitounet ?

LIONEL On n'aurait pas dû.

PASCALINE En même temps, qu'est-ce que tu voulais dire ? On ne pouvait pas ne pas répondre.

LIONEL Non…

PASCALINE C'est quand même une bonne chose qu'on puisse continuer à l'appeler Pitou.

LIONEL Très bonne chose.

PASCALINE Elle n'y voit pas d'inconvénient.

LIONEL Non.

PASCALINE Elle dit que ça ne pose pas de problème.

LIONEL Non.

PASCALINE Tant mieux.

LIONEL Pitou. Pitounet. Au moins on sait à qui on parle.

PASCALINE Eh oui.

8.

Chambre de Jacob (cf. 1.).

Jacob est seul.
Il est occupé à tracer l'itinéraire et l'ordre des villes de sa tournée mondiale sur un magazine de compagnie aérienne.

Entrent Lionel et Pascaline.
Souriants et décontractés (on se souvient du mot nonchalance…).

LIONEL ET PASCALINE Coucou !… Coucou le Pitou !

JACOB Saviez-vous Lionel et Pascaline qu'à partir du mois de juin jusqu'au mois d'octobre il n'y a pas un seul rayon de soleil à Lima ? Pas un seul !

LIONEL Non… Nous ne le savions pas…

JACOB Le temps est perpétuellement couvert et humide.

Les habitants vivent dans un brouillard de pollution.

PASCALINE Les pauvres.

JACOB Je vais demander qu'on mette le Pérou en novembre, c'est-à-dire en final de ma tournée *Road to South*.

LIONEL Mmm…

JACOB Je ne veux pas risquer une nouvelle inflammation de l'épiglotte en chantant à Lima pendant la mauvaise saison.

PASCALINE Surtout pas.

JACOB On fait le dernier show là-bas. On finit en beauté avec eux autres au moment où ils retrouvent le soleil. Tout le monde est content.

PASCALINE Mais oui !

LIONEL C'est mieux !

JACOB Vous trouvez aussi !
Alors quoi de neuf ? Qu'est-ce que vous racontez ?

PASCALINE Hier on est allés déjeuner chez Bernadette et Serge Marteau. Bernadette Marteau est devenue championne de tandem figure-toi !

LIONEL Oui.

PASCALINE Elle fait des petits championnats locaux. Elle a gagné une coupe.

LIONEL Elle s'entraîne sept heures par jour.

PASCALINE Tu te rends compte.

LIONEL Avec une partenaire aveugle.

PASCALINE Ils font souvent binôme avec un non-voyant. Ça permet au non-voyant de faire un sport de vitesse.

LIONEL Oui.

PASCALINE On ne savait pas ça.

LIONEL Non.
Qu'est-ce qui l'a amenée au tandem cette femme ?…
Un mari ennuyeux ?

Creux.

JACOB Je vous sens un peu mélancoliques ces derniers temps.

PASCALINE Oh non…

LIONEL Pas du tout.

PASCALINE Pas mélancoliques. Sentimentaux peut-être, avec l'âge.

LIONEL Peut-être.

PASCALINE L'autre jour, derrière la maison, nous sommes passés devant un homme assis sur le trottoir qui soufflait dans un tuyau de PVC à trois branches, pour faire des sons… Il avait récolté quelques pièces minables dans son béret… Un peu plus loin, papa, je veux dire Lionel, s'est mis à pleurer à cause de la misère humaine… *(elle rit)*

LIONEL *(il veut rire aussi)* J'étais fatigué !

JACOB Vous voulez que je vous chante quelque chose ?

PASCALINE Si tu veux Pitounet.

JACOB Une nouvelle chanson. Une toute nouvelle.

LIONEL Tu ne dois pas reposer ta voix ?

JACOB Je n'ai pas besoin. Ici je repose mon corps. Je m'occupe des vraies choses, ma voix est tranquille.

PASCALINE Avec plaisir.

JACOB Je l'ai composée moi-même. Paroles et musique.

Jacob procède à une petite installation assise de Lionel et Pascaline côte à côte différente de leur position précédente (sur un tabouret et un fauteuil peut-être...).

Il se place debout devant eux à quelques mètres.

JACOB « Le Garçon sur la balançoire ».

Après un petit temps de concentration (et de timidité), il chante.

Le garçon sur la balançoire
Tient les cordes de ses vieux bras
Il renverse sa tête au soir
Et bascule de haut en bas

À côté les enfants rigolent
D'où vient ce bonhomme
Qui envoie ses guiboles
Jusqu'au sommet des ormes

Car les plus belles chaussures de la ville
C'est lui qui les a
Les plus belles chaussures de la ville
C'est à ses pieds qu'on les voit

Il n'a pas l'âge et pas la gueule
Des habitués du jardin
Qu'est-ce qu'il fait là tout seul
Endimanché pour rien

Joyeux qu'en se balançant
Sombre joie de tout son corps

De bas en haut braquant
Ses fusées bicolores

Car les plus belles chaussures de la ville
C'est lui qui les a
Les plus belles chaussures de la ville
C'est à ses pieds qu'on les voit

La nuit tombe, personne ne vient
Chercher le garçon bizarre
On dirait qu'il n'attend rien
Ni qu'on l'emmène autre part

Joyeux dans sa solitude
Fouetté par le vent
Il projette en altitude
Ses trésors ondoyants

Les plus belles chaussures de la ville
C'est lui qui les a
Les plus belles chaussures de la ville
Il faut que tout le monde les voie

Lionel et Pascaline applaudissent avec chaleur.

JACOB Vous la trouvez comment ?

PASCALINE Très bien.

LIONEL Oui.

JACOB Vous l'aimez ?

PASCALINE ET LIONEL Oh oui, beaucoup.

9.

Nuit.
Quelque part dans le parc de l'établissement.

Philippe porte avec difficulté un énorme pot dans lequel se trouve un arbuste (celui qui ne fait des branches que d'un côté).

Jacob suit en feignant de l'aider. Lui-même est équipé d'un petit matériel de jardinage pour creuser la terre.

Plusieurs fois Philippe doit poser le pot par terre avant de le resoulever.
Tous deux regardent à droite et à gauche comme s'ils ne souhaitaient pas être vus.

JACOB Tu sais ce que je me dis ? On aurait dû le dépoter et l'amener sans son pot.

PHILIPPE Et pourquoi tu ne l'as pas dit avant ?

JACOB Je viens d'y penser.

PHILIPPE C'est complètement idiot !

JACOB Complètement.

PHILIPPE Et maintenant je me suis cassé le dos !

JACOB Tu aurais pu y penser toi aussi.

PHILIPPE Comment ça se fait qu'on n'y a pas pensé ?

JACOB En plus on serait allés beaucoup plus vite.

PHILIPPE Je ne pouvais pas aller plus vite !

JACOB C'est ce que je dis.

PHILIPPE Essaie même de le soulever toi.

JACOB Au Japon j'ai rencontré des sumos.

PHILIPPE Là c'est bien non ?

JACOB Trois sumos, très gentils.

PHILIPPE On s'en fout !
Allez on le met là.

JACOB Si on le met là, dans vingt ans il sera étouffé par le marronnier. Mets-le plus à gauche.

Philippe déplace le pot.
Ils entreprennent de dépoter l'arbuste.
Ce n'est pas si facile. On peut imaginer toutes sortes de gesticulations.

Finalement l'arbuste apparaît en entier avec ses racines.

Jacob creuse.

PHILIPPE Où est l'ouest ?

JACOB Pourquoi l'ouest ?

PHILIPPE J'ai calculé.

JACOB Qu'as-tu calculé ?

PHILIPPE Jusqu'à présent cette partie était au nord-est. Pour qu'il fasse des branches dans cette partie, sans perturber le côté développé, il faut l'orienter vers l'ouest.

JACOB On gèle. Je n'ai pas pris d'écharpe.

PHILIPPE Arrête de creuser. On ne peut pas le planter ! Il sera repéré tout de suite.

JACOB Mais non !

PHILIPPE Elle m'a dit que tous les arbres étaient répertoriés.

JACOB Tu as eu tort de demander. Maintenant tu as attiré l'attention.
Tu n'as pas un foulard sur toi ou quelque chose ?

PHILIPPE Elle a dit qu'ils ne repiquaient jamais de petits sujets.

JACOB On en a déjà parlé dans la chambre !

PHILIPPE Et uniquement des espèces certifiées.

JACOB J'attrape la mort pour toi et tu redeviens négatif. J'en ai marre.

PHILIPPE Tu as des projets. Moi je n'ai aucun projet.

JACOB On ne peut pas avoir des projets avec un esprit négatif.

PHILIPPE Tu as ta tournée. Tu as tes enregistrements. Si on arrache mon sycorus à fruits tu t'en fiches.

JACOB Qu'est-ce qu'on fait Philippe ?!!

PHILIPPE *(acceptant à contrecœur le travail de plantation)* Ils sont échaudés. Un jour elle a autorisé un pensionnaire à lâcher dans le parc un écureuil de l'Illinois. L'écureuil américain a piqué toute la bouffe des écureuils indigènes qui sont morts.

JACOB Ben oui !

Jacob positionne l'arbre et commence à remblayer.

Ses gestes sont nerveux et maladroits car il tient son col fermé pour protéger son cou.

PHILIPPE Tu ne devrais pas être si obsédée par tes cordes vocales.

JACOB Aide-moi !

PHILIPPE Avec des cordes vocales un peu altérées tu aurais plus de personnalité.

JACOB Je ne sais pas pourquoi je continue à me montrer gentille avec toi, tu as toujours un mot désagréable à la bouche.

PHILIPPE Je te parle avec franchise.

JACOB Notre relation est complètement déséquilibrée.
Je subis ton terrorisme. C'est malsain.

L'arbuste est planté.
Ils le contemplent.

PHILIPPE On a fait une erreur. Je vois déjà qu'il n'est pas à l'aise.

JACOB Mais si.

PHILIPPE Tu vois bien que non !

JACOB Comment veux-tu qu'il soit à l'aise ?
Il passe du pot à la pleine terre. Laisse-le s'adapter.

PHILIPPE Il est inquiet.

JACOB Bon. Je rentre.

PHILIPPE Pas de projets c'est bien aussi peut-être…

JACOB Mais oui c'est bien !
Tu crois que je suis heureuse avec tous ces poids sur le dos ?
Et si tu m'interviewais ?

PHILIPPE Pourquoi je t'interviewerais ?

JACOB Tu voulais être journaliste.

PHILIPPE Pour parler de politique !

JACOB Allons nous coucher.

PHILIPPE Souhaitons-lui bonne nuit.

JACOB Bonne nuit sycorus.

PHILIPPE Tiens bon petit bonhomme / tu as fait le plus long voyage / l'aurore te réchauffera.

10.

La psy donne une conférence.
Elle est seule éclairée, devant un pupitre peut-être ?

Parmi les ombres attentives, Lionel et Pascaline.

LA PSY Considérons aujourd'hui les sœurs de Cendrillon telles qu'elles apparaissent chez les frères Grimm.
À ceux qui nous disent que les contes sont des allégories nous répondons qu'aucune figure n'est innocente.
Après son fameux bal, le Prince cherche à retrouver celle qui l'a enchanté. Par chance, ou opportunité, elle y a laissé une chaussure de verre, fourreau étroit, sans élasticité, qui ne peut recevoir qu'un pied menu et délicat.
Les sœurs essaient tour à tour la chaussure. Pour faire rentrer leur pied, la première se coupe l'orteil, la deuxième un bout de talon. À chaque fois le Prince pense avoir retrouvé sa dulcinée et la hisse sur son cheval. Il faut

l'intervention de colombes rencontrées en chemin pour qu'il remarque les pieds sanguinolents.
Le Prince demande à voir la troisième fille, fût-elle la souillon qu'on lui décrit.
Cendrillon arrive. Elle s'est un peu débarbouillée. Évidemment le soulier lui va à merveille.
Le jour des noces les colombes virevoltent au-dessus du cortège qui s'avance vers l'église. Les deux sœurs sont là tout sourires et minauderies. Elles marchent de part et d'autre du couple princier. Les colombes viennent crever un œil à chacune d'elles. Ce qui ne semble aucunement gêner la future Reine (mais ça c'est une autre histoire).
Les deux sœurs dépourvues de petits pieds finissent claudicantes et à moitié aveugles. Pour prix de leur méchanceté bien sûr, il n'y a pas de pardon chez les Grimm, mais prix de leur imperfection surtout. Dans une narration où seule la belle et bonne est digne d'un Roi, elles n'ont aucune chance. Pas même celle d'être plaintes lorsque avec une violence désespérée elles se mutilent pour se calibrer. Leur sort indiffère. Nées dans le mauvais corps, personnages du tiers-monde dans la hiérarchie des identités, elles

n'intéressent personne. Elles n'ont même pas de prénom. Ces deux pauvres filles qui n'aspirent qu'à la conformité, on a pris grand soin de les rendre méchantes car si on venait à les plaindre on s'attacherait moins à la belle et bonne. Une belle et bonne qui par ailleurs n'est pas si bonne ! Un adjectif posé dans le texte de façon lénifiante et purement décorative. Elle n'aurait pas besoin de l'être. Être bonne n'est pas une qualité en matière de séduction. La belle et bonne et provisoirement pauvre (quoique bientôt très riche) jeune fille, ce parangon de pureté, ce standard inaccessible que personne n'a vraiment rencontré est un modèle sinistre, un monstre oppressant mes amis.

Pensons aux sœurs qui nous ressemblent bien davantage, à ces innombrables venus au monde dans le mauvais corps, le mauvais genre, qui n'ont pas choisi de naître et se contorsionnent une vie durant pour épouser leur statut d'origine, se fondre, ou se réduire, et faire ce qu'on nomme *histoire* ou *société*.

Eh bien, certains êtres trouvent la force de s'extraire de cette fatalité. Ils ouvrent la voie à une société non de liberté, ce mot trompeur qui n'est tissé que de contraintes, mais d'émancipation. Ils ont mis de côté le récit rédigé par-dessus leur tête. Ils s'avancent à l'écart sur un chemin malaisé, sauvage, où l'horizon n'est plus le destin collectif – de quels désastres, de quels lugubres archétypes cette formule porte le nom – mais leur propre histoire universelle. Leur sort, ils le façonnent à l'aune de leurs seuls critères. Chacun les siens, et tant pis pour les conventions. Ils ne veulent plus être ces personnages trimbalés dans le cours du temps, résignés dans la solitude de rôles tramés par avance. Un temps qui n'avait d'autre pilier que la norme. Un temps figé dans son écorce amère qui n'était pas encore, pour paraphraser Shakespeare, *sorti de ses gonds*.

11.

Quelque part dehors…
Lionel et Pascaline quittant les lieux. Rejoignant leur voiture ?

LIONEL Je n'ai pas tellement apprécié cette conférence.

PASCALINE Moi non plus.

LIONEL Non.

PASCALINE Tu as compris ce qu'elle disait ?

LIONEL Non. Mais je n'ai pas tellement apprécié.

PASCALINE Elle est bizarre cette psychiatre.

LIONEL Tu en retires quoi toi ?

PASCALINE Je n'en retire rien.

LIONEL Tu n'éprouves pas un malaise ?

PASCALINE Si.

LIONEL Pas clair tout ça.

PASCALINE Elles se coupent un bout de pied les sœurs de Cendrillon ?

LIONEL Première nouvelle.

PASCALINE Des colombes viennent leur crever les yeux ?

LIONEL Est-ce que je sais ! Faut croire.

PASCALINE Jamais entendu parler de ça.

LIONEL Qu'est-ce qu'on a à voir avec ces deux mégères ?...

PASCALINE Rien du tout !

LIONEL Nés dans le mauvais corps... Qui est satisfait de son corps ?
Chemin sauvage !... Elle se gargarise de mots cette femme.

PASCALINE On a peut-être eu tort de lui confier Pitounet.

LIONEL Évidemment.

PASCALINE Tu penses ?

LIONEL Qui a voulu ? Qui a insisté pour qu'on le mette dans cet asile ? Qui lui a bichonné ses jardinières ?

PASCALINE On a agi sur les conseils du professeur Soloveichik !

LIONEL On aurait dû prendre un autre avis.

PASCALINE Comment savoir ?

LIONEL Qui nous a recommandé ce Soloveichik ? Un magnétiseur ! Un magnétiseur que tu as consulté en secret.

PASCALINE Nous étions désespérés.

LIONEL Je sais bien.
Pascaline, retirons-le de cet endroit.

PASCALINE Mon Dieu. Tu crois ?

LIONEL Cette femme n'est pas de notre côté.

PASCALINE Elle n'est pas de notre côté.

LIONEL Elle est malfaisante.

PASCALINE Tu lui as acheté des pâtes de fruits.

LIONEL Pour l'amadouer !

PASCALINE Pitou n'a pas l'air malheureux.

LIONEL Je préférerais qu'il soit malheureux.

PASCALINE Tu ne le penses pas.

LIONEL Qu'est-ce que ça veut dire, Pitou n'a pas l'air malheureux ? De qui on parle ?

PASCALINE C'est quand même Pitou. Malgré tout.

LIONEL Je me demande.

PASCALINE Il s'est fait un ami. Il n'a jamais eu d'amis.

LIONEL Le Noir ?… Qu'est-ce qu'il fait ici ce Noir ? On le sait ? C'est forcément un dingue lui aussi.

PASCALINE Je n'aime pas quand tu parles comme ça.

LIONEL Jacob est dingue. On peut se le dire entre nous. Entre nous on a le droit de l'appeler Jacob et se dire que notre fils est dingo.

PASCALINE Qu'est-ce qui nous arrive amour ?

LIONEL J'aimerais le savoir.

PASCALINE Quelle est cette brume qui nous tombe dessus ?

12.

La psy, cigarette aux lèvres, traverse un espace en trottinette.

On la revoit passer.
Derrière, haletant, Philippe.

PHILIPPE Docteur, docteur…

LA PSY Qu'est-ce qu'il y a encore Philippe ? Vous me harcelez !

PHILIPPE J'ai contrevenu. J'ai planté mon sycorus dans le parc.

LA PSY Mais Philippe les bras m'en tombent.

PHILIPPE Il dépérissait au bord de ma fenêtre.

LA PSY Je vous ai exposé en long et en large les dangers d'une telle opération. Nous n'avons pas d'autorité sur le parc. Le parc fait partie des espaces verts de la commune. D'où il sort votre soki…

PHILIPPE Sycorus à fruits. C'est un arbre très rare du bayou.

LA PSY Du bayou ! Et qu'est-ce qu'il fait là le pauvre ?

PHILIPPE Si vous pouviez intervenir en sa faveur docteur ?

LA PSY Vous êtes terrible. Vous n'écoutez pas ce qu'on vous dit. J'ai demandé à la municipalité, ils m'ont ri au nez. Vous n'êtes pas dans la jungle ici Philippe ! Vous êtes dans un périmètre cartographié et régi à la baguette !

PHILIPPE Pourquoi dites-vous la jungle ?

LA PSY Je dis la jungle pour ne pas dire la forêt subtropicale ! Votre plante pousse dans la mangrove, je dis la jungle ! Décontractez-vous Philippe !

PHILIPPE Je ne peux plus le déterrer.

LA PSY Pourquoi ?

PHILIPPE Nous l'avons planté il y a cinq jours. Il s'est bien acclimaté.

LA PSY Déterrez-le. Remettez-le dans un pot plus grand que précédemment.

PHILIPPE Ça pourrait le tuer.

LA PSY Mais non !

PHILIPPE Je ne peux pas prendre ce risque.

LA PSY Eh bien souhaitons-lui bonne chance.

Philippe a une crise de désespoir.

PHILIPPE Tout le monde s'en fout !

LA PSY Mais non !

PHILIPPE Si !

LA PSY Ne vous mettez pas dans cet état Philippe !

PHILIPPE Vous sillonnez l'espace avec votre effroyable indifférence. Vous nous foulez aux pieds et nous passez tranquillement sur le corps.

LA PSY D'où sortent ces mots ?

PHILIPPE Quel bien vous me faites ? Au lieu de me consolider je tombe en morceaux.

LA PSY Cessez de vous apitoyer Philippe ! Vous vous encombrez d'une plante exotique qui n'est bien nulle part. Vous vous lestez de fardeaux inutiles qui vous entraînent à la catastrophe. À qui la faute ? Vous êtes l'artisan de votre malheur et du malheur de ce végétal.

PHILIPPE Le sycorus ne pousse pas dans la mangrove ! Il ne saurait pousser dans la mangrove qui est un marécage d'eau salée où les arbres ont les pieds embourbés dans la vase et cherchent l'air. Vous n'êtes pas tenue de connaître les marécages tropicaux docteur…

LA PSY Non !

PHILIPPE Non, mais au moins abstenez-vous de les nommer au petit bonheur avec cette imprécision condescendante, qui jette une ombre sur votre éthique scientifique et sur l'ensemble de vos jugements d'ailleurs. Mon sycorus est une plante du bayou, une fleur du Missisipi.

LA PSY Oui.

PHILIPPE Si vous aviez l'amabilité de ne pas mettre dans le même paquet tout ce qui vous est étranger.

LA PSY Vous avez raison. Je parle avec trop de légèreté d'une végétation que je ne connais pas.

PHILIPPE Entendez, ne serait-ce que la sonorité du mot.

LA PSY Oui…

PHILIPPE Bayou.

LA PSY Oui.
Je vous ramène ?

PHILIPPE Non. Non.

LA PSY Allez, montez.

PHILIPPE Je ne monte pas sur ce genre de chose.

LA PSY Allez.

Philippe monte sans joie sur la trottinette en prenant appui sur les épaules de la psy.

LA PSY Accrochez-vous.

PHILIPPE Comment ?

LA PSY Mettez vos bras autour de ma taille. Serrez.

Elle démarre en trombe. On le sent moyennement à l'aise.
Ils disparaissent.

On entend au loin des rires.

Ils réapparaissent.
C'est Philippe à présent qui conduit la trottinette, la psy accrochée à lui. Ils rient tous deux comme des gosses.

13.

Seul dans sa chambre, Jacob s'exerce à des pas de danse.

14.

Quelque part, accompagné d'une guitare ou d'un piano (il peut jouer lui-même), Philippe chante ce blues.

Voilà ma petite
La robe que tu voulais
Enlève ton air triste
Et viens me la montrer

Voilà mon enfant
Le peigne pour te faire beau
Ton corps est si grand
Ta tête touche le plafond

Où est le bon endroit ?
Pour s'en aller rêver
Est-ce loin de chez soi
Ou bien tout à côté

Voilà mes frères et sœurs
Cette place dans la chanson
Une lame dans votre cœur
Je vous demande pardon

Voilà ma petite
La vie que tu voulais
Prends pas un air triste
Pour nous la raconter

Où est le bon endroit ?
Fleuve profond sombre rivière
Est-elle loin de chez soi
La grande salle et ses lumières

15.

Bureau de la psy.
Jacob est allongé, écharpe perpétuellement enroulée autour du cou.

JACOB Ce fil de fer, je ne l'ai jamais aimé, il m'a toujours énervé, mais au début je le laissais tranquille. Petit à petit je me suis mis à le titiller avec ma langue. Sans m'en rendre compte pour commencer. Maintenant je sais que je le titille. En ce moment je le titille toutes les deux secondes, plus je le titille, plus il m'obsède, on me dit que si j'enlève cette contention mes dents vont réavancer, ce qui est inadmissible, je ne vais laisser mes dents battre la campagne par-devant, on pourrait me mettre plus de colle parce que les endroits où il y a trop de colle sont plus lisses, on les sent moins, ça fait comme un rebord de bol arrondi, j'ai dit allez-y, qu'on me fasse un râtelier de colle derrière les dents, mais je me suis dit, cette colle est forcément cancérigène et comme je vais quand même la toucher tous les jours je vais avoir un cancer de la langue, je ne pourrai plus chanter à quarante-cinq ans, j'ai dit au dentiste, est-ce qu'elle est cancérigène cette colle, il a dit, non, cette colle n'est pas cancérigène, on ne va quand même pas vous mettre un produit cancérigène dans la bouche, bon, mais qu'est-ce qu'on en sait, évidemment que les dentistes disent que la colle n'est pas cancérigène, ils veulent la vendre, quand vous fermez vos dents comme ça docteur, elles se touchent à quels endroits ?

LA PSY *(elle fait la même grimace que lui)* Hum… Mes molaires se touchent.

JACOB Est-ce que les pointes des dents d'en haut rentrent dans les creux des dents du bas ?

LA PSY Comment savoir ? Je crois…

JACOB Moi tous les jours je vérifie mon occlusion dentaire.

LA PSY Ah oui…

JACOB Un mauvais engrènement peut réduire à néant des années de travail.

LA PSY Mmm…
Ce fil vous gêne pour chanter ?

JACOB C'est un corps étranger docteur.
La bouche est un temple pour un chanteur.

LA PSY Est-ce que vous n'exigez pas trop de vous-même ?
Est-ce que Céline ne s'interdit pas un bonheur simple ?
L'autre jour vous m'avez dit que vous rêviez d'acheter vos propres carottes et de vous faire un osso buco.

JACOB Oui.

LA PSY Moi j'aimerais vous voir fariner des tranches de veau.
J'aimerais vous voir affairée à peler un céleri dans une bienheureuse insouciance.
Cou dégagé, sans humidificateur à portée de main.
Sans fixations pharyngées ou dentaires.
J'aimerais voir une Céline tranquille, olympienne, qui ne guette pas chaque oscillation de son corps.

JACOB Vous ne la verrez pas docteur.
Céline obéit à des lois. On ne peut pas passer outre.

Fariner des tranches de veau, je peux le faire. Mais pas chanter devant trente mille personnes qui m'adorent sans me préoccuper de ma cavité buccale. On ne peut pas être la plus grande star du monde et en même temps une personne accommodante et sereine. Tout le monde sait que Céline est un cristal précieux et qu'il ne faut pas d'air conditionné.
Il faut respecter les lois.
Quand j'étais enfant, j'avais replanté sur mon balcon des bébés arolles déracinés en altitude.
L'hiver, quand le thermomètre descendait en dessous de zéro je mettais de la glace fabriquée dans le freezer. Mais au lieu de la mettre directement aux pieds des arbres, je faisais une petite colline qui occasionnait des avalanches.
Petit à petit la glace progressait vers les arolles.
J'observais si le glacier avançait ou reculait.
J'avais le droit de remettre de la glace au sommet. Comme s'il avait neigé. Mais jamais ailleurs car le glacier devait bouger de lui-même.
C'étaient les lois de la montagne.
Il fallait les appliquer.

LA PSY Oui…

16.

Pascaline et Lionel marchent dans le parc.
C'est un autre jour.

Chaleur.

PASCALINE Tout de même, si je ne savais pas où j'étais je trouverais ce parc délicieux.

LIONEL Mais nous savons où nous sommes.

PASCALINE Les branches argentées du cèdre sur le vert de la pelouse… Ces houppes de lavande sous le tilleul… À moins que ce ne soient des fleurs de sauge ?…

LIONEL Ne t'emballe pas.

PASCALINE Quel mystère dans la nature procure une telle sérénité ?

LIONEL On paye assez cher pour qu'il y ait de bons jardiniers.

PASCALINE Tu entends les mésanges ?

LIONEL Non.

PASCALINE Ou pinsons peut-être ?... Tu entends comme ils sont joyeux ?

LIONEL Je ne suis pas dans cet état d'esprit. Je ne suis pas dans l'état d'esprit d'écouter des chants d'oiseaux Pascaline. Qu'est-ce qui t'arrive ? Je suis dans l'état d'esprit de retirer mon fils de cette souricière où nous l'avons jeté, l'extraire de ce halo de manigances dont tu sembles la première victime.

PASCALINE Tu es trop entier amour. Je profite de cet environnement exquis d'autant plus que nous ne savons pas si nous le reverrons.

LIONEL Tu te laisses amollir. Ton esprit s'étiole dans une nature engourdissante. Il n'y a pas plus grande entourloupe que la nature.

PASCALINE Pitou !... Le voilà ! Pitou !... Nous sommes là Pitounet !

Arrive Jacob.
Nouvelle tenue de jardin. Nouvelle mise en plis avec rouleaux.
Il tient dans une main un cerceau multicolore.

Les parents se reconfigurent épanouis et réjouis.

LIONEL Tu as bonne mine dis-moi !...

JACOB Je me repose. Je fais du sport.

PASCALINE Il paraît que tu joues au badminton avec un camarade ?

Jacob rit. Les parents aussi.

JACOB Vous avez senti la pureté de l'air aujourd'hui ? Les poumons frémissent, ils deviennent transparents comme deux ailes d'ange. J'aimerais qu'il y ait un air comme ça tous les jours.

PASCALINE Oh oui, c'est merveilleux.

LIONEL Oui, oui... Quoiqu'un peu chaud.

JACOB Moi j'aime la chaleur.

PASCALINE C'est normal.

JACOB À condition qu'elle soit humide évidemment.
Est-ce que je pourrais vous demander une petite faveur, Lionel et Pascaline ?

LIONEL Bien sûr.

JACOB J'aimerais ne plus être appelé Pitou.

PASCALINE Si tu veux…

JACOB Ni Pitounet.

PASCALINE D'accord…

JACOB Ce matin j'avais une séance de hula-hoop. Ça me donne de bonnes idées pour le show.

PASCALINE Le hula-hoop ! Ça existe encore ?

JACOB Bien sûr. La hoopdance tu ne connais pas ? Si tu fais de la hoopdance, tu gardes le ventre plat.

PASCALINE C'est pour Lionel ça ! Tu devrais apprendre Lionel !

JACOB Lionel est beau comme il est. Il est lui-même, il est vivant.

PASCALINE C'est gentil.

JACOB Mais tu veux essayer ? Je te montre !

LIONEL Non merci…

Jacob fait une petite démonstration.

Ensuite il enferme Lionel dans le cerceau.

JACOB Allez… Allez…

LIONEL Non, non… Arrête !

Lionel s'extraie éperdument du cerceau.
La scène est pénible

Creux.

JACOB Je vous sens chagrinés tous les deux.

PASCALINE Mais aucunement ! Pourquoi dis-tu ça ?

LIONEL Nous sommes chagrinés. Il a raison. En tout cas moi je suis chagriné.

JACOB Tu sais que certaines fois moi aussi je pleure en regardant les informations. Je peux pleurer devant une récolte anéantie par la grêle. Ça me chamboule. On perd la peau qui nous protège du monde…
(Une ombre au loin.)
Philippe !… C'est mon ami Philippe !… *(il s'éloigne un peu en criant dans sa direction)* Philippe !…

LIONEL Il veut qu'on l'appelle comment ? Céline ? Inenvisageable.

PASCALINE Je sais bien…

LIONEL Inenvisageable.

PASCALINE Je sais, je sais amour.

LIONEL Pourquoi on accepte tout ça Pascaline ?

PASCALINE Qu'est-ce qu'on peut faire d'autre ?

LIONEL On est faibles. On est perdus.

PASCALINE On est perdus.

LIONEL Il a des bigoudis…

PASCALINE Les artistes en mettent. James Brown aussi avait des bigoudis.

LIONEL James Brown avait des bigoudis ?

PASCALINE J'ai toujours pensé que James Brown mettait des bigoudis.

LIONEL Cette nuit j'ai rêvé qu'il s'était mis à coudre sur ton petit tambour à broder… Est-ce que c'est le rêve d'un père ?

PASCALINE Mon petit tambour à broder… Je m'en rappelle. Je me rappelle de lui ! Comme c'est loin. Où peut-il être maintenant ?

Jacob revient en faisant rouler son cerceau.

JACOB Ce n'était pas Philippe.
Vous voulez visiter le parc ?

PASCALINE Nous l'avons visité. Il est magnifique.

JACOB Vous êtes rentrés un peu dans les bois ?

PASCALINE Tu nous connais Pitou – oh pardon !… Je veux dire, tu nous connais, nous ne sommes pas de grands aventuriers.

JACOB Venez.

LIONEL Nous sommes fatigués. Nous avons assez marché.

JACOB Allez !

Il prend les parents par les bras.

PASCALINE Allez.

Lionel se laisse faire en traînant des pieds.

17.

Ailleurs dans le parc.

Philippe est assis sur ses talons, au sol, à côté du sycorus à fruits.
On découvre qu'il s'est rivé à l'arbuste avec une chaîne.

Arrive Jacob avec son cerceau suivi par Lionel et Pascaline.

JACOB Allô ! Te voilà !… C'est mon ami Philippe !… Philippe, je te présente Lionel et Pascaline.

En homme bien élevé, Philippe tente un vague redressement.

PHILIPPE Bonjour.

PASCALINE Bonjour Philippe.

JACOB Je fais des progrès géants en hoop. On va l'intégrer au show je pense. Tu sais que c'est un vrai *partner* ce cerceau.

PHILIPPE Fais voir.

JACOB Il est rythmé, il a le sens de l'humour, ce qui est très rare pour un objet…
Mais Philippe, qu'est-ce que tu fabriques ?…

PHILIPPE Je fais corps avec mon sycorus.

JACOB Hahaha. Quelle idée !

LIONEL *(en aparté à Pascaline)* Il n'est pas noir…

Pascaline lui fait signe de se taire avec son doigt. Lionel reformule l'évidence muettement.

PHILIPPE *(à Jacob)* Ris si tu as envie. Ris.

JACOB Mais pourquoi fais-tu ça ?

PHILIPPE Si on vient le déraciner il faudra m'extirper en même temps.

Pendant toute la conversation, Jacob ne cesse de jouer avec son cerceau.

JACOB Qui est au courant ? Personne.

PHILIPPE On ne sait pas.

JACOB Je crois que tu te fais de la bile pour rien.

PHILIPPE Ils ont des satellites.

JACOB Tout ce que tu vas gagner c'est attirer l'attention sur lui Philippe.

LIONEL Que se passe-t-il ?…

PHILIPPE Je suis navré de me présenter à vous dans ces conditions monsieur.
Cet arbre a fait un long voyage voyez-vous.
Il croît sans bruit dans les marécages de Louisiane auprès de ses cousins magnolias quand un beau jour on le sort de son lit de mousse, on l'isole dans un pot. Des camions l'emportent, des bateaux le chargent et il traverse l'Atlantique.
Une brindille obscure de végétation qui aurait dû cent fois se désintégrer.
Depuis que Céline et moi l'avons remis en terre il se dilate, il verdit. Il veut vivre.
Il ne se sait pas en danger.

LIONEL Il est en danger ?

PASCALINE Quel danger ?

PHILIPPE C'est un clandestin.

JACOB Un intrus. Si le jardinier le voit il l'arrachera. Tout est comptabilisé sur le terrain. Philippe, où sont les clés de tes menottes ?

PHILIPPE Laisse-moi gérer cette affaire ma petite. Je suis content de vous rencontrer Lionel et Pascaline.
Ma famille ne vient jamais, elle me rejette.
Ça me gêne d'être au sol.
Vous ne voulez pas vous accroupir avec moi ? La terre est sèche. Vous savez que la station accroupie est la plus recommandée ? Une étude sur des chasseurs-cueilleurs de Tanzanie vient de le démontrer.

PASCALINE Merci… Nous n'avons plus cette souplesse hélas…

JACOB Je pense que tu traverses une petite crise de folie.

PHILIPPE Au contraire. Je ressens une paix intérieure.

JACOB Libère-toi Philippe et viens te promener avec nous.

LIONEL Arrête avec ce cerceau Jacob !!

Stupeur.

Jacob arrête de faire tourner son cerceau.

Creux.

LIONEL Je suis fatigué. Il fait trop chaud. Ces deux heures de route m'épuisent.

PASCALINE *(à Jacob, pour alléger)* Il est très nerveux au volant tu le connais. Il klaxonne à tout va maintenant.

LIONEL Je klaxonne un peu oui…

Survient la psy.
Elle porte en bandoulière une chaise de jardin pliante.

LA PSY Tout le monde se réfugie à l'ombre aujourd'hui. Les présentations sont faites je vois.

Qu'est-ce que vous fricotez par terre Philippe ? Vous qui n'aimez pas vous salir. Il ne se sent pas bien ?… Ça va Philippe ?… C'est quoi ces fers ? Mon Dieu. Il est enchaîné ! Qui vous a enchaîné ?

PHILIPPE Moi-même. Je protège mon arbre.

LA PSY C'est ma journée ! Je sors d'une séance de plein air avec un groupe totalement régressif et maintenant cette foucade absurde !
Elle déplie sa chaise et s'y laisse choir.
Céline, raisonnez votre camarade…

PASCALINE Il est joli cet arbuste, il ne dérange pas…

LIONEL J'ai un vertige…

PASCALINE Amour, qu'est-ce qui se passe ?

LIONEL *(pour Pascaline)* Céline…

Jacob s'empresse auprès de Lionel pour le soutenir.

LA PSY *(elle se lève et lui apporte sa chaise)* Asseyez-vous…

LIONEL Non, non…

PASCALINE Assieds-toi amour, assieds-toi.

PHILIPPE C'est la chaleur.

Lionel s'assoit.

LA PSY Un peu d'eau… J'ai une gourde… *(elle sort une gourde de sa besace)*

LIONEL Non, non…

JACOB Il faut boire Lionel.

LIONEL Laissez-moi…

LA PSY Si, si… Il faut s'hydrater.

LIONEL Non…

PASCALINE Bois amour, il faut boire…

On lui fourre la gourde dans la bouche. Il s'étrangle en buvant.
Jacob est aux petits soins.

PHILIPPE Je boirais bien un peu moi aussi…

LA PSY Vous voulez une assiette de petits-fours également ?

JACOB *(entourant Lionel de sa protection)* Quand j'ai une crise d'anxiété, je visualise la vie d'une feuille. Mais je ne commence pas par le bourgeon. Je commence par la feuille jaunie qui tombe.

LIONEL Ah bon…

JACOB D'abord elle reste un peu comme un petit manteau pour protéger les racines, puis elle se racornit et redevient humus.

LIONEL Hmm…

JACOB Tu ne peux plus la visualiser mais tu sais qu'elle est retournée nourrir l'arbre.
Si tu fais un effort, ça devient le cosmos… Tout est toujours là.

LIONEL *(retournant le geste d'affection)* Je ne suis pas sûr que ça marche pour moi ragondin… Tu étais mon petit ragondin autrefois. Tu t'en souviens ?

Creux.

PHILIPPE J'ai soif…

PASCALINE Donnez-lui à boire, il se dessèche docteur.

LA PSY Qu'il se détache.

PHILIPPE Je me détacherai quand j'aurai l'assurance que mon sycorus à fruits grandira sur ce sol.

LA PSY Franchement je suis triste que vous vous donniez en spectacle de cette façon Philippe. J'aurais aimé que Lionel et Pascaline vous rencontrent autrement que fers aux poignets comme vos malheureux ancêtres.

LIONEL Nous serions satisfaits d'être laissés en dehors de ça madame.

Il se lève et lui rend sa chaise.

PASCALINE Ne pourriez-vous pas Philippe trouver un moyen physiquement moins contraignant de militer en sa faveur ?

LIONEL Ne t'en mêle pas Pascaline. Qu'est-ce qui te prend ?

PASCALINE Je ne voudrais pas que cette plante soit déracinée.

LA PSY Personne ne le veut ! Mais ce n'est pas de notre ressort.

PASCALINE Il donne des fruits ?

LIONEL Qu'est-ce que ça peut nous faire ?

PASCALINE Je veux savoir s'il donne des fruits.

LIONEL On s'en fiche Pascaline ! On se fiche de cet arbre ! Quant à moi je me fiche totalement de son avenir !

PHILIPPE *(tristement)* Il fait des baies violacées.

PASCALINE Tu n'as pas besoin d'être blessant amour.

JACOB Tu es un peu blessant Lionel.

LIONEL Je suis blessant ?...

PSY Mais non !

LIONEL *(à Philippe)* Ce n'est pas une attaque personnelle monsieur… Nous avons assez de soucis vous comprenez, nous ne pouvons pas absorber toutes les infortunes. Quand je suis perméable à la confusion du monde je m'effondre moi-même…

PHILIPPE Vous pouvez m'appeler Philippe…

LIONEL Oui… Vous comprenez ce que je dis Philippe. Chacun est dans son coin. On est dans notre coin.
On cherche quoi faire.

PASCALINE Elles sont comestibles ces baies ?

PHILIPPE Elles sont amères. Il faut les sécher.

LIONEL Près de chez nous, on a parfois un type par terre comme vous qui essaye de produire une musique avec des tuyaux de bassin… Quand je le croise ça me fiche la journée en l'air.

LA PSY Vous êtes un homme de cœur Lionel.

Nous aimerions aussi que Philippe s'invente un autre schéma existentiel. Il n'est que blessures et persécutions.

PHILIPPE Il est derrière nous le temps où les Philippe étaient dans leur coin.

JACOB C'est vrai que tu es un emmerdeur Philippe.

LA PSY Oui, quel emmerdeur !

JACOB C'est peut-être le moment de vous chanter une petite chanson ?

LIONEL Ah non, non, pitié !

PASCALINE Mais Lionel ?...

LIONEL Non, non !

PASCALINE *(à Jacob)* Mais oui mon chéri, une petite chanson, oui bien sûr si tu as envie !...

LA PSY Moi j'ai un rendez-vous...

LIONEL On va jouer cette comédie pendant combien de temps ?

PASCALINE Amour…

LIONEL Il n'y a pas d'amour. Je n'en peux plus. Je n'en peux plus de sourire, d'écouter des chansons à la noix, de battre des mains comme un pantin devant une personne absurde. C'est moi qu'il va falloir interner ! Et pas dans votre établissement madame où vous prenez soin de nous saigner au couteau à chacune de nos visites. Nous nous ruinons et nous faisons des kilomètres pour être littéralement poignardés à chaque visite dans cet endroit carnavalesque. Cet être avec son cerceau, je ne sais pas qui c'est. Qui est-ce ? Je veux mon fils. Je veux Jacob. Je veux Pitounet. Si Pitou veut chanter qu'il chante. Si tu veux chanter, chante Pitou ! Mais pourquoi faut-il que tu sois quelqu'un d'autre ? Tu es Jacob Hutner. Comme moi, ton père, je suis Lionel Hutner. Ça me suffit pour tenir debout. Les gens m'appellent Lionel, je n'ai pas besoin de savoir qui je suis.

PASCALINE Je me demande si mon mari n'a pas pris une petite insolation…

LIONEL Il vous a parlé de nous Philippe ? Est-ce qu'il vous a dit qu'il avait des parents ? Ou bien est-ce qu'il se présente comme une personne surgie ex nihilo ? D'ailleurs ce serait peut-être de l'intérêt général d'en finir avec ces cordons étouffants. À quoi bon porter des siècles de martyre mon petit, tout ça n'est qu'une longue parade qui se dilue, les siècles les bateaux le manteau plus ou moins chaud la pluie la poussette le mendiant autrefois c'étaient d'autres mots et puis d'autres noms mais tout finit dans la même poubelle, pourquoi s'énerver à vouloir jouer son rôle, qui s'en soucie, demain il y aura un autre monde et encore un autre…

PASCALINE *(avisant Jacob recroquevillé dans le chagrin)* Oh mon chéri, ne fais pas cette tête ! Ne fais pas cette tête… Laisse-le chanter Lionel ! Pourquoi tu l'en empêches ? Qu'est-ce que ça peut faire ?

LA PSY Bien sûr. Qu'est-ce que ça peut faire !

PASCALINE Chante-nous quelque chose.

JACOB Une autre fois.

LA PSY Des semaines de travail fichues en l'air.

PASCALINE Mais non !

LA PSY Si.

PHILIPPE Allez ma petite.

PASCALINE Ne t'offense pas mon chéri. On vient de loin. On fait de notre mieux. Mais parfois on ne sait pas ce qui nous prend.

LIONEL Chante… Chante ragondin.

PASCALINE Oui !

LIONEL Joue avec ton cerceau, fais ta danse. Je m'en veux d'avoir gâché ta joie.

La psy sort son téléphone portable et le règle sur une musique.

LA PSY Faites-nous une démonstration Céline. Ça nous rafraîchira tous.

PHILIPPE Danse ma petite. Danse.

Le cœur lourd, Jacob s'exécute.

18.

Une autre saison. Temps gris et froid.

Jacob traverse la scène avec deux énormes valises et quelques autres bagages.
Manteau à col de fourrure, lunettes fumées.

Il est bientôt suivi par Philippe, d'une élégance hivernale New Orleans.
Il tient un sac en plastique dans sa main.

PHILIPPE Dépêchons-nous. Je ne supporte pas les séparations.

JACOB Si tu avais accepté de faire partie de mes choristes, tu partirais avec moi.

PHILIPPE J'ai d'autres ambitions.

JACOB Ce n'est pas déshonorant d'être choriste.

PHILIPPE Bon. Embrassons-nous.

JACOB Tu es choriste et un jour tu fais ton album solo.

PHILIPPE Tu t'arranges pour m'énerver au dernier moment.

JACOB Tu vas me manquer.

PHILIPPE Tu m'oublieras.

JACOB Impossible.

PHILIPPE Un visage au fond d'un puits.

JACOB Qui endurera tes lamentations ?

Ils s'étreignent.

Puis Philippe sort de son sac en plastique un objet empaqueté.

PHILIPPE Un petit souvenir.

Jacob défait le papier cadeau…
C'est un instrument de percussion décoratif d'environ trente centimètres de hauteur.

JACOB Un djembé… Quelle idée merveilleuse tu as eue Philippe !

Ils rient et s'étreignent à nouveau.

Puis Philippe s'enfuit.

JACOB Philippe !…

Il reste seul.

Il tape un peu sur la peau de l'instrument… Il produit une résonance lointaine. Un son profond, inattendu pour un tel objet.

Arrive Pascaline, assez vite suivie de Lionel. Tous deux tassés dans leurs habits d'hiver.

PASCALINE Il est là !… Il nous attend !

LIONEL Nous voilà, nous voilà !

JACOB Oh Pascaline et Lionel !… Vous êtes tellement emmitouflés que je ne vous ai pas reconnus !

Ils rient tous.

PASCALINE Nous sommes de plus en plus frileux.

LIONEL De plus en plus frileux c'est vrai ! … Allez ! Adieu parc sinistre, vent glacé des allées ! Retour à la vraie vie ! Ce soir champagne ! Déjà au frais ! Du Joël-Greuz attention ! Et on ne te dit pas le reste. Attends-toi à une chose un peu russe… Toutes ces valises à qui sont-elles ?

JACOB À moi.

PASCALINE Ce sont tes valises ?…

JACOB Je pars faire mon *Road to South* Pascaline.

PASCALINE Ah ! Oui, oui…
(à Lionel) Il part faire son *Road to South*.

JACOB Quarante pays.

PASCALINE Dis donc.

LIONEL Oui…

PASCALINE On a disposé des guirlandes clignotantes aux fenêtres. Tu as toujours adoré les guirlandes de Noël.

JACOB De quelles couleurs ?

PASCALINE Blanches, jaunes, je crois même qu'il y en a une avec des petites stalactites bleues.

JACOB Ah oui ! Je me souviens de celle-là !

LIONEL *(à Pascaline, à voix basse)* On ne pourra jamais charger tout ça dans la voiture…

PASCALINE Non.
(à Jacob) Je voulais inviter des gens. On a failli inviter Serge et Bernadette Marteau mais on a pensé que tu n'aurais pas envie de voir des vieux.

LIONEL Vieux ou pas ils sont assommants. On n'a besoin de personne pour faire la fête.

PASCALINE C'est vrai.

LIONEL À Veuvron-le-Fanou l'oncle Jean que tu as connu nous emmenait au restaurant le dimanche. Il n'y avait jamais grand monde. On disait il n'y a pas d'ambiance. Il disait l'ambiance c'est nous.

PASCALINE C'est vrai.

LIONEL Je me demande quand même comment on va emporter tous ces bagages…

JACOB Oh ne vous inquiétez pas. On vient me chercher.

LIONEL Ah bon ?…

Léger creux.

JACOB Ça va vous deux ?

LIONEL Et comment.

PASCALINE À merveille.

JACOB Je pourrais peut-être vous dire un petit conte ?

PASCALINE Pourquoi pas ?…

LIONEL Si tu veux.

JACOB Ce n'est pas une chanson, rassure-toi.

Jacob tape doucement sur le djembé...

L'impression de distance et de lointain est encore amplifiée.

JACOB Deux amis habitaient en haut de deux collines séparées par des plaines de brousse. Ils étaient trop loin pour se voir mais ils pouvaient deviner leur maison et entendre le son d'un tam-tam. Alors ils ont fait un pacte : quand tu joueras le soir, je saurai que ta journée a été heureuse. Plusieurs fois par semaine l'un des deux jouait du tam-tam. C'était toujours le même. Et puis un jour il s'est arrêté. Non parce que ses journées n'étaient plus heureuses mais parce qu'on ne peut pas chanter sa joie dans le vide.

Une brume s'est levée qui recouvre le parc. Toujours cette musique lointaine, vents, air de hauts plateaux...

Jacob et ses valises disparaissent.

Les parents sont seuls.

PASCALINE Lionel ?…

LIONEL Je suis là.

PASCALINE Où est Jacob ?…

LIONEL … Donne-moi ta main.

La brume lentement les enveloppe et les efface.

19.

La brume se dissipe.

Le cerceau de hula-hoop traverse l'espace en légère arabesque.

Il contourne le sycorus à fruits qui a grandi.

Cet ouvrage a été mis en pages par

<pixellence>

Achevé d'imprimer en juillet 2023
dans les ateliers de Normandie Roto Impression s.a.s.
61250 Lonrai
N° d'impression : 2302324
N° d'édition : 601238-0
Dépôt légal : août 2023

Imprimé en France